작은 미래의 책

양안다

작은 미래의 책

양안다

PIN

006

차례

PIN

006

작은 미래의 책

양안다

시

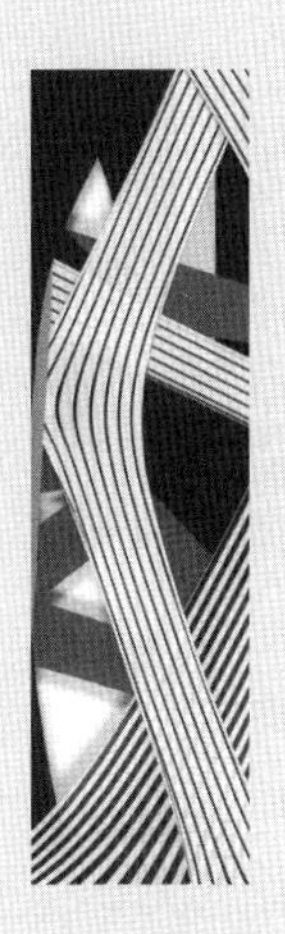

전주곡

어느 날 교정을 걷다가 이곳이 영화 속이라는 걸 알아버렸다

하고 싶은 말을 삼키고 나를 속일 때마다 나뭇잎이 떨어지고

누군가가 너의 목소리를 모사한다, 나 역시 당신의 발목이기도 했으니까, 같이 춤을 춰요 그대

엷어지는 호흡

마음에 대해 이야기하면 마음에 대해 무지하다는 사실만 깨달았다

누가 내 옆에 있는 줄도 모른 채 억지로 웃어 보

이고

고백해야 할 이야기가 떠오르면
떠오르는 생각들이 누군가가 쓴 각본일까봐

분수대에서 물이 솟구치고 그걸 바라보는 너라는 이름의 누군가를
바라보고

너의 이름을 부르지 않기 위해

분수대의 물은 계속 모양을 바꾸고 있었다 분명 아름답다는 말을 해야 하는데

떨어지는 나뭇잎은 떨어지는 일을 하는 중

어디선가 나를 부르는 소리가 들렸다
나는 고개를 돌리지 않으려 애쓰고

계속 숨이 막혀서

분명 너를 기다리고 있었는데

비슷한 정서

해안선 모양대로 파도가 친다 그리고 물을 품고 있는 튜브들
이것은 개별적인 물을 같은 문양으로 가두는 것에서 시작된다
어깨가 둥글듯이

저 선을 넘으면 안 된다
그것을 알면서도 넘으려는 친구들
우리는 벌거벗으면 왜 비슷해 보이는 걸까

누군가의 슬리퍼 한 짝이 경계선을 넘어간다
슬리퍼는 죽지 않는구나, 우리는 그렇게 죽음을 이해했고

물에 비친 네 얼굴이 뭉개져 있어

누군가 그런 말을 했을 때 그게 누구를 향한 말인지 알 수 없었지만
그저 웃었다 친구들도 웃었다

모래를 털어내면서도 궁금했다
경계선을 넘지 않아도 익사하는 사람이 있는데 저 선은 왜 빛나고만 있을까

뼈가 어깨를 뚫고 자랄 일은 없지만
어깨가 아팠다 아픈 표정은 서로 닮았다는 걸 깨닫는 동안

오전 4시, 싱크로니시티, 구름 조금, 강수 확률 20%

침묵을 지키고 있으면 얼굴이 무슨 표정을 짓고 있을지 궁금했다

웃으면 입은 반짝이게 되는 걸까

해변을 걷다 보면 달이 뜨고 달빛이 수면 위에서 반짝이고 나는 그것을 조약돌이라고 착각했다 작고 예쁘고 아름다운 것마다 너의 이름으로 부르기도 하면서

우리는 인적 드문 곳에 앉아 서로의 입에 알약을 넣어주었다 시간이 흐르면
흔들리는 두개골에 못을 박고 싶겠지만

밤의 산책자들, 우리를 지나가며 혀를 차는데

저들을 죽일까 날카롭게 갈린 돌 하나를 뒤통수에 박고 너와 도망치고 싶다

이 행성에서 넌 숨을 쉴 수 있다 네가 숨 쉬는 곳은 한 줌의 주먹 안에 존재하는 우주였다, 너는 동공이 풀린 채 중얼거린다 입가에 거품을 닦지 않고 나는 너의 볼에 입을 맞춘다 입술 자국이 핏자국으로 남는다

하얀 피부를 가지면 빛 속에서 사라질 수 있는 거니, 묻지 않은 채 너의 입가를 어루만지고

너는 두 팔을 벌린 채 흐느적거린다 춤을 춘다 작고 예쁘고 아름다운

침묵하고 있으면 침묵이 생기고

어떤 표정이라도 짓고 싶을 때마다 웃었다 입술이라도 반짝이라고

밤 구름이 수평선을 향해 선력으로 기울어진다 우리는 고요와 함께 눈을 마주친다 정말로 비가 쏟아질까봐

비가 오고 나면 해변의 모양이 바뀔까봐

해변에서 죽어가는 것은 없었다 파도가 드나드는 지점에서

오직

흔들리기를 멈추지 않는 우리만

루저 내레이션

손이 저리면 몸속에 피가 돈다는 것이 이상했다
달이 유난히 크게 보인다고 그가 말했을 때도
지구가 돌고 있다는 것이

"신이 잔디를 자라게 했다면 우리는 초원을 가꿔야지. 그게 사람이고 그게 사랑이잖아."
그는 불을 오래 바라보면 손끝이 타들어가는 느낌이 든다고 했다 온몸에 화상 자국이 가득했고 매일 밤 강물에 투신한다는 꿈 이야기를 들었다

저 멀리서 어느 여자가 우리를 향해 손을 흔들고 있었다
나도 그도 모르는 사람이었다

그는 잔디를 가꾸겠다고 했지만 나는 바람 부는

소리를 사랑하겠다고 다짐했다 결심과 결정의 차이를 이해한다면 진실과 거짓을 구분할 수 있게 될 텐데

지구와 달이 조금씩 멀어진다는데 중력이 다 무슨 소용일까

유리창을 바라보면 창밖의 내가 방 안을 바라보고 있었다
그게 싫어서 온통 창문을 열어놓고 바람을 맞는데

그는 바람 부는 날엔 나가지 않는다고 했다 자신을 붙잡고 있지 못할 거 같다고

그런데 이상하지?
불이 나면 다 같이 타 죽는 곳에서 왈츠가 흘러

나오고

춤을 추는 그림자가 보이는데

누군가는 숨을 참고 있다는 게

바람이 만드는 파도였을까 어디선가 물결치는 소리가 들렸는데 그는 새들이 우는 소리라고 말했다 만약 머릿속이 출렁이는 느낌이 착각이라면, 진심에 닿지 못한 진실과 기도와 사람을 사랑하는 마음이 전부 착각이라면…… 새 떼가 동시에 착륙했다가 한순간에 이륙하는 장면을 보고 싶다

오래 앉아 있다가 일어나면

온몸이 저리고 피가 돌고 지구가 돈다는 게 느껴지는데

저 멀리서 여자가 아직도 손을 흔들고 있었다
흔드는 손에 빛나는 것을 든 채로
무언가를 결심한 듯이

이상 기후는 세계의 조울증

폭염과 폭우가 반복되는 나날 속에서 책을 읽었다 형광펜으로 밑줄을 친다면 문장은 반짝이고 그것은 중요하거나 내가 좋아하는 것이 되었다

너의 몸속에서 자리 잡고 있다는 혹을 생각했다 아무도 보지 않는 영화와 책을 보며 우리는 세계로부터 격리되려 했다 종종 안부를 묻는 사람들에게 우리는 손금을 보여주며 무슨 소리가 들리냐고 되물었다

가라앉고 있는 섬이라고 여겨도 좋았다 언제부터인지는 중요하지 않았고 영화 속의 인물들은 이미 만들어진 줄거리에 따라 슬퍼하고 이별했다 결말에 대해 말하면 너는 내가 금기라도 언급한 듯이 화를 내고 폭염이 폭우를 몰아내고 그게 스크린 속

의 일인지 스크린 너머의 일인지 알 수 없었다

서로 잘라내고 싶은 신체 부위에 줄을 그어주었다 산책이라도 나가면 우리는 손을 잡고 걸으며 손금이 구겨지는 소리를 들었다 중요하고 좋아하는 일만 일어나는 세계는 어디에도 없는 걸까 거리를 헤매는 동안 나뭇잎들이 자꾸 무성해지고 있었다

폭염과 폭염과 폭염 그리고 때때로 폭우 속에서 우리는 싸우고 화해하기를 반복하다가 문득 서로가 불편해질 때가 있다 가끔 떠올리게 되는 몸속의 혹처럼

잠에서 깨면 창문 위로 가로등 빛이 망가져 있었다 망가진 빛마다 섬의 이름을 붙이는 동안 절반의

하루와 나머지 하루가 체스판에서 순서를 주고받고
있었는데

예정된 일을 믿지 않으려 했다 네게 무슨 소리가
들리지 않냐고 물으면 너의 병이 자랄 것만 같았다
세계의 모서리로 떠밀리는 모래알, 아무도 웃거나
울지 않는 거리, 집으로 돌아가지 못하고 있는 건
우리가 아니라 영화 속 주인공들이었다

오늘의 숲

소년은 죽고 싶다 소년은 죽고 싶다, 라고 친구에게 말하려다 그만두었다 오늘의 정오는 어두웠다 소년은 날씨를 가늠할 수 없었고 가늠하려고도 하지 않았다

친구는 침대에 누워 있었다 자는 건지 자는 흉내를 내는 건지, 소년은 알 수 없었지만 친구의 자세가 오랫동안 지속되길 바랐다
눈이 내릴까
바람은 불지 않았다

친구가 깨어나고, 소년은 친구의 지난 꿈을 흘려들으며 창밖 저 멀리 보이는 숲을 생각하기 시작했다
친구는 숲속에서 길을 잃었다 나무와 나무를 구분하지 못해서 울면서 걸었다 등산객에게 길을 묻

자 대답 대신 뺨을 한 대 맞고. 그래서 걷지 않고 울기만 했다 정오의 숲은 어두웠다 친구는 나뭇가지를 꺾어 그 자리에 좌표를 만들었다 그건 凶이었는데, 소년은

어디까지가 친구의 악몽이고 어디까지가 숲의 상상인지 혼란스러웠다

무슨 뜻일까

친구의 물음에 소년은 창문을 열었다 나무가 꾸는 꿈을 해몽할 줄 알았다면 소년은 숲과 나무들의 차이를 구분할 수 있었을까

오래 자고만 있거나 오래 잠든 척을 하고 싶었는데

왜 죽고 싶었을까, 소년은 떠오르지 않았다 꿈의

결과는 어떤 과정을 거쳐 오는지 고민하는 동안 창문으로 엷은 빛줄기가 갈래로 쏟아졌다

어두운 정오가 계속됐지만 눈은 내리지 않았다

소년은 죽고 싶다 죽고 싶었는데 사실 죽음이 무엇인지도 모른 채, 그저 그렇게, 죽고 싶다는 막연한 기분을 느낄 뿐이었다 아직 겨울잠에서 깨지 않은 듯 몸을 웅크리면서, 친구가 빠져나온 이불의 자세를 바라보면서

처방

거울에 입김을 불면 세계가 흐려졌는데

나를 바라보는 사람이 있다
누구인지 알아볼 수 없다

레몬 향을 쫓는 자들의 밀회

오늘은 외롭지 않다고 고백했습니다 당신들은 두 눈을 번뜩였죠 어느 정도였냐면, 거울을 봤다면 아마 죽고 싶었을지도 모릅니다

아프지 않기 위해 서로의 고백을 공유했지만 불가피하게 아프곤 했습니다 슬픔을 앓을 수 있습니까 당신들이 그러고 있습니다

이럴 때는 지나간 이별마저도 유쾌할 텐데

지루하게

같은 물음을 던지면 매번 같은 대답을 들었습니다 남몰래 아프고 훔치고 걱정하는 것은 우리의 모임이 완전한 것처럼 보이게 만들지만

사실은 흔들리고 있었지요

흔들고 있었죠

어둠이 내려앉으면 흐릿한 달을 따라 둥글게 앉아 모였습니다 새벽을 태우고 담배를 태우고 마음을 태우고 나면 자주 아침을 잃어버렸습니다

선생이 떠나갔다고 말했습니다 선생의 이름처럼 사랑하며 그리워하겠지요 하루는 당신들에게 같이 죽어버리자고 했을 때

왜

왜 고개를 끄덕였습니까

그렇습니다 이제 선생은 자주 산보를 하는 장난

감 같은 신부가 되었습니다

우리가 사라져도 세상은 이런 위트와 패러독스를 멈추지 않겠지만

끝내지 못한 연작이 있습니다 미완성의 정서가 나를 지배하고 있습니다 끝을 내는 순간 다시 처음으로 돌아가야겠지요 아직 우리는 완성되는 중인데

또다시 고백의 밤
밤은 항상 어두운데, 그것은 권태롭습니까

오늘은 무슨 고백을 해야 할까요 같은 고백을 던지면 매번 같은 위로를 받을 거면서
같은 사랑을 하면 같은 이별이 예정되어 있습니까

우리는 우리가 특별하다고 생각하지 맙시다 남들도 그러고 있으니까. 특별함에 가까워질수록 평범함에 가까워지지 않습니까

밤이 되면 레몬이 빛나고 레몬이 자라는데

떠오르는데

우리에게 계속 레몬 향이 흘러나와서 권태로운 고백을 멈출 수가 없습니다

이런 이상한 밤이 반복되고 있습니다

세상을 떠나기 전, 이상이 마지막으로 쓰고 싶었던 장르는 무엇이었을까

미열

무엇을 해야 할지 알 수 없었다 그래서 우리들은
달이 뜨는 이유를 궁금해하지 않았다

아무것도 모르겠다는 결론에 도달하면
아무도 모르는 마음이 뒤따라오는데

사실 우리가 서로에게 건네던 위로는 각자의 각오가 아니었을까 하는 생각 우리들이 꾸려 했던 모든 꿈이 위악이라는 걸 알았을 때, 우리가 느낀 건 실망이 아닌 동경에 가까웠다 밤이 지나고 오는 건 새벽인데 사람들은 왜 아침이 온다고 하는 걸까

새벽이 만드는 소량의 빛과 소음 속에서

어느 취객은 유기견을 걷어차면서 걷고 있었다

그는 생전 처음 들어보는 욕을 뱉으며 죽어버리자 그냥 죽이고 죽어버리자, 중얼거렸지만 다음 날도 그다음 날도 그는 취한 채 다짐만 되풀이하고 있었다

어느 날 불어난 강물 위로 달이 깨질 듯 일렁이고 있었다 그렇다고 우리가 죽고자 했던 건 아니었다 춤을 추고자 했던 것도 아니었다 누군가가 십자 모양의 성냥을 꺼내 들었을 때, 맞잡은 손으로 땀이 배어 나올 때

우리들은 그림자를 제외한
모든 걸 지워내고 싶었을 뿐인데

광장에서 피켓을 들고 시위하는 사람들을 보며 어쩌다 세계는 이 지경이 됐고 사람들은 액자 안으

로 걸어 들어가는지 모르겠어서

우리들은 자꾸 반대로 걷고

누군가는 방향이 틀렸다고 하지만

유기견을 걷어차면서까지 되고자 했던 건 아마

고아가 아니었을까 우리는 멀리 달아나자고,

우리는 언제까지나 우리로 존재했으면

먼저 죽은 이들이 우리의 죽음을 마중 나온다는

이야기를 들을 때

악의가 흔들리는데 누구 하나 살아 돌아오지 않고

그 사실이 슬프지 않을 때면

몸은 열에 잠기기 시작하고

펀치드렁크 드림

창문에 장미 두 송이, 집에 없다는 뜻이라고 네가 말해준 적이 있다

내가 느린 걸음으로 너에게 가는 동안 너는 책을 읽으며 기다리고 있었다 그 모습을 바라보며 언젠가 본 적 있는 장면이라는 걸 떠올렸다

'우리가 알지 못하는 사실들은 이미 알고 있지만 아직 인식하지 못하고 있을 뿐이다.'
너는 그런 구절을 반복해서 읽었고

우리는 그림자 사이로 깨진 햇빛, 어느 아이가 부모의 손 대신 놓친 고무풍선, 거리의 구석으로 굴러가는 나뭇잎
그중에서 그나마 값지다고 생각하는 것들로 대

화를 주고받은 것인데

어지러이 대화를 마치고 나서야 어둠이 인식되는 순간이 있다 눈꺼풀이 졸음을 견디는 속도로 사위가 어두워질 때
하루의 끝
혹은 세계의 끝이라고 불리는 시간이 우리 사이를 지나가고 있었다

창문에 장미가 없다면 집에 있다는 뜻이라고 네가 말해준 적이 있는데

늦은 밤, 골목을 헤매다가 너를 겨우 발견했을 때
너는 달아났다 가로등과 가로등 사이를 달리며
사라지고 나타나기를 반복하면서

내 이름을 부르며 나에게서 멀어진다는 것, 그 자체가 중력인 세계도 존재하겠지만

죽지 않을 만큼 달리는 너를 쫓아가서
죽을 만큼 우는 걸 바라보는 동안
'너는 몸이 작아서 너를 붙잡을 마음도 작을 거라고 생각했다.'
그런 구절이 떠올랐다

창문에 장미 한 송이를 봤을 때 그것은 네가 장미가 되었다는 뜻이라고
망상했다

매일 밤마다 여러 개의 꿈을 꾸었다 여러 세계를

드나드는 동안 나는 제2의 세계에서의 내가 되고, 제3의 세계에서의 내가, 어느 세계에선 그림자 사이로 깨진 햇빛, 고무풍선, 나뭇잎, 그런 대화가 되어가다가

어느 날엔가 잠에서 깨면 옆에서 잠든 너를 바라보고 나는

갑작스럽게

온몸에 소름 대신 가시가 돋는, 그런 꿈을 꾼 적이 있었다

낮은음자리표

조금씩 모른 척하고 싶었다 까치발을 들고 내리며 웃는 너, 그림자가 길어졌다가 짧아지기를 반복하고 있었다

돌이킬 수 없다는 예감에 휩싸인 그 순간, 너는 내 손을 쥐고 있었다 울고 싶으면 울어, 그 말을 듣자마자 울음이 터졌지 조금도 울고 싶지 않았는데 너의 말 때문에, 네가 내 손등을 쓰다듬는 바람에

괜찮냐는 너의 말에 나는 괜찮은 기준이 어디에 있는지 알 수 없었다 너에게 팔 한 쪽을 내주며 귀에 속삭였다 살면서 한 번도 듣지 못한 말을 해달라고

어느 날
꿈속에서 앵무새가 된 너에게 말한 적이 있다

이렇게 보니 너는 무척이나 작다고,
너는 아니라고 지저귀지

*

이곳은 그림자가 일찍 드리우는 곳 달이 잘려 나간 밤이면 건너편 건물에서 열리는 창문, 그가 창문만큼 나를 훔쳐보았고 나는 시선을 외면했으나 종종 방 안으로 종이비행기가 날아들곤 했다

골목 끝 어둠을 바라보면 무언가에 삼켜지는 기분이 들었다 어둠 속에서 도와달라는 누군가의 외침이 들린 것도 같았지만 아니라고 생각하면 더 이상 들리지 않았다

이제 새들은 나무에서 울지 않는다
전봇대의 전선 위에서 연주되는 새의 음표

한번은 광장의 외곽을 따라 걸었다 시선을 의식하면서, 그러나 시선을 밀어내면서, 토하고 싶었지 눈을 맞추고 면전에서 무엇이든 말하고 싶었다

아마 머릿속이 폭발하도록 고함을 지르고 싶었나봐 불판 위에서 익어가는 고기를 서툴게 자르며, 답 없는 마음이 타들어가길 기다렸나봐

꽃 가게를 지나다 이것이 장미냐고 물었다
제라늄이라고 했다

거리의 남자가 재즈에 맞춰 노래를 부르고 있었다

너는 비명을 질렀어?

이해와 이해가 모여 오해에 가까워지는 순간

돌팔매질로 죽은 사람, 알고 보니 누명이었대
그의 부모가 죽어서도 눈 감지 말라고,
유골을 나무 밑에 묻어두었대

미안 미안 미안 미안 미안……
사람들은 중얼거리지

*

과거에 소년이었던 자들이 더 이상 소년으로 불리지 않고 나는 비밀이 더 이상 비밀이 아닐 때까지 너에게 조금씩 흘려보냈다 이 세계의 금서와 레코드판을 모아 태우는 일 미래의 소년들에게 구전될 이야기를 만드는 일

오늘도 꿈 상영이 있을 예정 연속적으로 망가지는 장면들

아니라고 생각하면 아무것도 아닌 일들

영역을 침범하는 종이비행기처럼

겨우 하루의 밤 동안 수많은 꿈을 거닐며

까치발을 세운 네가

거봐요 내 말이 맞죠? 내가 당신보다 크지요?

그림자가 길어지는데

나는 너의 말을 따라 할 뿐이고

이 꿈에서 저 꿈으로 넘어갈 때 새들은 단조의 형태로 앉아 울고 있었다

술에 취한 연주자들이 비틀거리는 손가락으로 애시드 재즈를 연주하는데

한 번 더 춤추자고 말하지도 않을 거면서

잘 가
그래 잘 가,
나무는 가지를 흔들지

24일에서 25일로

하루가 넘어갈 때 거리에서 넘어지는 사람이 있다면, 그 사람에게 어제와 오늘과 내일을 구분해달라고 부탁한다면, 자정에 잠들지 않는 사람과 정오에 일어나는 사람의 마음을 헤아려본다면

일 년이 하루라면, 그렇게 모든 기다림이 짧아진다면

헤어진 애인을 헤어진 장소에서 일 년 동안 기다리는 이가 있다면

죽어가는 과정이 짧아진다면

영원한 하루가 펼쳐져서 더 이상 꿈을 꾸지 않아도 된다면, 현실에서도 비현실에서도 너를 만나지 않아도 된다면, 잠깐 졸다가 깼을 때 환영을 보지

않아도 된다면

더는 내일이라는 시간을 상상할 수 없다면

내가 태어난 다음 날에 네가 태어났다면, 네가 멀리 있지 않다면, 시간을 이해한다는 것이 가능하다면

조직력

끝나가는 축제였다

막이 내리기 전 커튼콜이었다

무질서의 연대였다

보이지 않는 규칙이었다

음악이었다

맡은 역할을 연기하는 것이었다

세계를 등 뒤에 놓고 모른 척하는 동안

당신을 걱정하는 건

나였다

너였다

그것은

우리였을까

언제부터 우리는 우리가 된 걸까

어쩌면 우리는

음악에 귀 기울이지 않아도 반사적으로 움직이는

춤이었다

이토록 작고 아름다운 (상)

마지막과 처음이 같은 표정이라는 걸 깨달은 날
우리는 새벽이 상영하는 장면을 바라보았다
버킷 리스트를 손에 쥐고

꿈과 어둠, 창문, 해변과
너와 너와 너, 그리고 무수한 너……

같은 날에 태어났으니 같은 날에 죽자고, 선생은
그것이 불가능한 약속이라고 했었다
만약 선생이 죽게 되면
나도 따라 죽겠다고
그럼 약속은 성립된다고

선생이 우리를 떠나간 지금
엘리, 나는 손목을 그어야 할까

영원을 믿지 않는 두 남녀는
사랑도 우정도 믿지 않아서
영원히 타인이 되었다는 아이러니

단, 이번엔 무엇을 얘기할래?
엘리가 종이를 들여다보며 묻고

손을 잡아줄래?
오늘의 방향은 창문으로

요즘에는 하루에 한 끼만 먹고
대부분을 방 안에서 누운 채 지내
가끔 창문 밖 풍경을 바라보고
그러면 조금은 걸은 것 같고

주치의는 영양이 부족하다고 말하지만

주말이면
몬데와 농구장에서 공을 던지곤 했었다
포물선이 그려지고
우리는 이름 붙여지지 않은 표정을 동시에 짓고

밤이 되면
텅 빈 학교를 걸으며

이곳과 저곳이 단절되어 있는 느낌이지? 몬데가 창문의 표면을 만지작거리는 동안
나는 어디선가 부는 찬 바람을 뺨으로 느꼈고
교실 냄새를 맡았다. 장은 예전에 이 냄새를 좋

아했었대 넌 어땠어?

몬데, 나는 말이야
창문도 냄새도
학원 쪽을 더 좋아했으니까
그곳엔 선생과
배우고 싶은 게 있고
나는 선생에게, 선생은 나에게
말해야 할 것과 말하고 싶은 것이 가득 쌓여 있었다

때로 선생은
입김을 불어넣은 창문에 여러 수식을 그리며
전위서정이라는 단어에 대해서 설명했다
그것은 미래이며 사랑이고

우주이면서

우리라고

나는 나를 온전히 이해하고 있다고 생각했는데, 그런데 너를 만나고 난 내가 누군지 알 수 없어졌어. 고요히 떨리는 선생의 손 떨림을 감추려는 손 나는 침묵 속에서 선생을 바라봤다 나도 같은 마음이라고, 나 역시 나 자신을 이해한 척을 했다고, 연기를 하고 있었다고, 그러나

정말로 나와 선생이 같은 마음인지 알 수 없어서 같은 말을 할 수 없었다

창문 위로 수식이 흐려지고 있었다

그래서 슬펐니

그런 게,

엘리는 창문, 이라고 적힌 단어에 줄을 그었다

지금 생각해보면 맹세와 약속은 다른 것 같다고
그것을 같다고 믿은 때도 있었는데

그런데 선생의 생일은
너의 생일 다음 날인데
몰랐었어?

엘리와 나는 불 꺼진 쇼윈도에 입김을 불어 넣고
서로의 지난 꿈을 그리기 시작했다
꽃밭이었다

이토록 작고 아름다운 (중)

장, 네가 죽기 전까지 우리는
적어도 지구의 전부를 알게 될 거라고 생각했지

선생은 우리를 가르치려 들지 않았다
세상에는 답이라는 게 존재하지만
자신은 세상이 아니라면서

내가 엘리를 사랑과 우정을 구분할 줄 모르는 아이라고 여겼을 때 우리는
아무도 우리를 볼 수 없는 곳을 찾아 걸었다

아아, 여보세요
누구, 듣고 있나요

*

장이 죽어버리겠다는 맹세를 입에 달고 다니기 전, 우리는 두터운 외투를 껴입고 바다에 갔다

해변이나 폭죽, 연인의 산책 따위를 보려 했을 뿐인데

그날 눈이 내렸었나

몬데와 장이 누가 더 바다 깊숙이 발자국을 남기고 오는지 내기를 했고

엘리는 그들을 향해 셔터를 누르며 웃어댔다

나는 선생 옆에 앉아 그 모습을 바라보며, 있잖아 선생, 요즘 참을 수 없는 것이 너무 많아진 것 같지 않아? 물었는데

선생은 언제나 같은 대답을 한다, 그래…… 원래 그럴 수도 있는 거야

몬데와 장의 발목이 젖고

멈추지 않는 셔터

믿기지 않는 빛

"저기, 수평선이 빛나고 있어."

몬데는 빛으로 가득 찬 수평선을 가리켰다 장은 저건 등대야 어느 섬에 있는 등대의 빛이야, 말했고

엘리가 바보, 등대가 저렇게 밝을 리가 없잖아, 주장했지만

나중에 알고 보니 그건 모두 오징어잡이 배

그래, 눈이 내렸던 것 같다 엘리의 어깨에 닿은

눈 결정이 반짝였고

서로의 손이 얼었는지 확인해주었다

선생은 어선인 줄 알았겠지만 우리는 빛을 향해 감탄사를 남발했는데

그런데

정말 등대였으면 어땠을까

세상에 등대가 그렇게 많았다면 우리 모습이 달라 보였을까

그래도 나는

꿈과 어둠, 창문, 해변과

너와 너와 너, 그리고 무수한 너……

그런 걸 사랑했겠지

겨울 해변에는 인적이 드물고
남겨진 발자국

*

언제부터인가 선생과 나는 차를 타고 교외로 나갔다 아무도 없는 폐교, 운동장 구석에 서 있는 플라타너스 나무 아래에 차를 주차해놓고 사랑 소설을 서로에게 읽어주었다

선생, 왜 그랬지 우린

언급해선 안 될 목소리와

들키고 싶지 않은 장면이 계속되고

보이지 않던 별들이 한꺼번에 떠오른다
이건 과거니까, 그러니까 밤하늘이란 건
언제 폭발할지도 모르고 이미 폭발했을지도 모르는 걸 바라보는 것
작게 빛나고 있는,
빛난다고 부르기엔 어려울 정도로 작은,
그것을 아름답다고 부르며 아름답다고 믿으며
어떤 믿음을 서로에게 속삭이는 것

선생, 우리가 손을 잡고 새벽을 기다린 이유에도 답이 있는 걸까

시간은 세상 뒤에 숨은 채 나올 줄을 모르고

우리에게 모든 것이 최초가 된 날, 선생은 나와 입술을 맞추고는 울음을 터뜨린다, 이러면 안 되는데 나도 내가 왜 이러는지 모르겠어

우리는 각자 나이에 맞는 고민이 있고

각자 맡은 역할이 있는데

내가 적었던 수많은 수식과 다르게

이것은 수식에 맞지 않는 관계라고

선생은 온 세상이 자신을 쳐다보고 있다는 듯이 두 손으로 얼굴을 감싼다

나는 문득 엘리 생각이 났다

*

두 날개가 부러진 새가 기어 다닌다면,
그렇게 생활을 하고 사랑을 한다면
그 새의 새끼는 네발짐승으로 태어나겠지

엘리는 알 수 없는 말을 자주 하는 사람
이해할 수 없는 혹은
하고 싶지 않은 말을 하는

입김을 불어줄까?

어두운 꿈속에서 창문 위로 해변이 번진다, 해변에서 산책하는 연인, 머리 위로 터지는 폭죽, 하늘에서 열쇠가 쏟아진다, 등대가 생긴다, 어선이 출항

한다. 수평선에서 꽃이 흐드러진다. 꽃들이 자지러지게 웃는다. 꽃잎이 모든 해변을 덮는다.

사라진다

주치의는 영혼이 부족하다고 말하고

나는 엘리에게 딱 맞는 열쇠를 그리는 데에 실패했다

가끔 엘리는 예고 없이 발작을 하고

부서진다

조각이 난다

엘리의 초점이, 엘리의 육체가,

정신이

전속력으로 망가지기 시작한다

나는 그런 엘리를 바라보며

우린 온통 꿈속이고, 가끔 헷갈리지, 현실을, 세상과 우리를, 친구, 그냥 네가 죽으면 세상이 쉬워지지 않을까, 그런 생각을 했다

엘리는 쓰러진 채로 몸을 떨며
검지로 바닥을 있는 힘껏 두드렸다
모스부호처럼 띄엄띄엄
중얼거리겠지

아아, 여보세요
누구, 듣고 있나요

*

장은 그의 맹세대로 붉은 잎을 떨어뜨리는 나무에 목매달았다 내가 도착했을 때 몬데는

붉은 잎을 온몸으로 맞으며

좌우로 조금씩 흔들리는 장의 발끝을 바라보고 있었다

주치의는 중력이 부족하다고 말한다

장, 도대체 우리는 무엇일까

혀를 길게 늘어뜨린 널 보며 나는 빨랫줄에 매달린 청바지 같은 걸 떠올렸어

잘 말랐을까 너의 호흡은

조물주가 분노할 때마다 인간이 태어나는 것이라고 믿었다
인간이란 캔버스에 분노한 마음을 그리려고
그렇게 생각하면 조물주도 우리와 다를 게 없구나
안심이 되지만

우리의 믿음대로
미래가 위와 아래 중 위에 존재했다면
지금쯤 우리는 하늘 어딘가를 비행하는 중이었겠지

나는 모든 사람들이 매일 밤마다 꿈을 꾸는지 알았다
하루가 끝나고 잠에 들면
또 다른 하루가 꿈속에서 시작되고

꿈속의 인물들을 만나 인사하고
헤어질 땐 아쉬워하며

선생, 이제 너도 참을 수 없는 일이 많아진 거지?
물론 그럴 수도 있는 일이겠지

선생은 인간의 마음을 이해하지 못하는
기계처럼

미래도 내 소유인데
무엇인지 왜 알 수 없는 걸까

몬데, 나는 이제 더는 어려워질 것이 없다고 느낄 정도로 많은 것이 어려워져버렸어
만약 더 남아 있다면

아마도 그것은……

*

'친애하는 단에게.

안녕, 네가 To와 Dear의 차이를 알았으면 좋겠어. 언젠가 장이 내게 물었던 걸 너에게 전하고 싶다. 시간과 공간을 어떻게 분리할 수 있냐고. 지난번에 취한 채 비틀거리던 남자, 기억해? 우리 모두는 세상에 등교하듯이 언젠가 하교를 하게 되는 걸지도 몰라. 지금의 나처럼, 혹은 장처럼. 어렵지. 말로 형용할 수 없는 게 너무 많다. 아마 그 남자는 쓰러졌을 거라고 생각해. 곧 일어났겠지. 아무 일도 없다는 듯이. 때가 되면 네가 장과 나를 잊게 될 것처럼. 편지라는 걸 안녕으로 시작해서 안녕으로 끝

내는 것처럼. 안녕.

너의 선생으로부터.'

그럴 수도 있는 일들…… 지금 생각해보면 그런 일들은 모두

작거나 아름다운,

미미한 가능성들

혼자인 사람들은 서로 닮은꼴이었다

태어날 때도 죽을 때도

꿈에선 아기 코끼리가 춤을 추고

크레파스 병정들은 인간을 그려 넣는데

주치의는 감정이 부족하다고 말하겠지

나는 사라진 너에게 질문을 하는 중이야

만약 날개 꺾인 새로 태어났다면 미래가 조금은 가벼웠을까

어떻게 생각해, 선생?

선생

이토록 작고 아름다운 (하)

'서로 번갈아 잠들며 밤을 나눠 갖고 눈이 마주치면 제각각 떠오르는 네 개의 달. 간혹 네가 눈 감고 죽은 척 시체 흉내라도 내면 정말 죽은 건지 너의 팔을 깊게 눌러보다가 발을 만져보기도 하고 네가 이불 같다는 생각에 가만히 너를 목 끝까지 덮은 채로 얼마나 따뜻해질 수 있을까. 뒤척이는 너의 숨소리가 폭우로 쏟아지지만 젖지도 않고 축축해지는 느낌, 맨발로 혼자 방 안을 걸어보고 너는 자면서도 나를 그리고 있구나. 그럴 리가 없지만 달이 죽게 될 때 나는 네가 그린 졸작이어도 좋지 않을까. 나 홀로 우울해할 때면 다시 뒤척이는 너, 너는 쉽게 흔들리면서 숲을 적시고 나는 빗속에서 계속 잎을 떨어뜨리고 다음 식목일 때는 커다란 나무를 심어야겠다, 다짐을 하다가 작은 나무를 여러 그루 심는 게 좋지 않을까 고민하고. 몇 개의 계절 동안 네가 갈고 간 칼을 삼켜보고 싶다는 생각도 들다가 갈라지고 갈라지다가 갈라진다면 달이 조각나도 좋을 거야. 그렇지 않을까. 그랬으면 좋겠어? 의문형으로 대화를 나누다 보면 숲속에서 같은 자리를 헤매는 미아처럼 사라질 듯한 목소리, 잠들면 네가 정말로 죽을 것 같아서, 아무것도 하지 않았는데 여름이 지워지는 것처럼, 숲이 폭우를 잡아먹는 것처럼, 계속 그렇게……'

고개를 들어 창문을 바라본다
창문 너머의 숲을……

저 숲 어딘가에 네가 있겠지

휘파람을 불면 비행운이 남게 되는 걸까 빵을 주

워 먹던 아이들과 동물들이 모두 어디로 사라졌는지 알고 싶어졌다
너의 꿈속에 녹음기도 두고 오지 못했는데

지금 난 어디쯤이야?

자꾸 발이 젖는다
그건 지금 네가 물속을 유영하는 꿈을 꾸고 있다는 뜻

나무들이 일제히 한 방향으로 기운다
파도 소리가 들리는데

이곳은 어디냐고

그루밍, 바닥에 머리카락이 쌓이고 나는 이 모든 상황이 숨 막혀서 견딜 수가 없다

물고기의 비늘이 사실은 흉터였다면

눈을 감고 심장 소리를 들었을 때 사과가 떠올랐다 씹고 있던 사과에서 벌레가 나오면 두 눈이 두근거렸다

옷장을 열자 언젠가 받았던 편지지가 우수수 쏟아졌고 방바닥이 젖었다 나는 편지지를 쓸어 모으는데 자꾸만 손바닥이 차가워졌다 다른 사람들이 너의 유서를 찾으며 편지를 가져가려 했다

기억하고 싶은 일보다 반대의 일이 자주 떠오르는 이유를 알 수 없었다 네가 옥상에서 춤을 추면 어릴 적에 베란다 밖으로 열대어 하나씩 떨어뜨리던 기억이 났고 숨이 점점 가빠졌다 숨을 들이쉬고 내쉴 때마다 발끝으로 파도가 밀려들었다가 빠져나가곤 했다

창밖으로 나뭇잎이 떨어지고 비가 내리고 사람이 투신한다면 아직도 옷장에서 쏟아지지 않은 것에 대해 생각했다 언젠가 떨어지기 직전의 열대어와 눈이 마주친 듯한 느낌, 느낌이 추락하고 또 무엇을 떨어뜨렸는지…… 옷장 안에 숨겨놓은 죄가 가득했다

비가 내리면 옥상에 물이 차오르고 네가 보였다 옥상에 열대어를 풀어놓고 나는 숨을 몰아쉬면서 내 안에 파도를 진정시키려 애썼다 음악을 끄지 않을 거면서 너를 따라 춤을 추지 않고 쏟아지고 쏟아지는 열대어…… 쏟아지는 편지지와 투신하는 사람과 새가 날아가고 부화를 기다리는 알 속에도 심장이 있다면……

무작위로 떨어지는 것이 떠오르는데

숨이 가빠지기 시작했다 옷장에서 떨어진 사과가 이편에서 저편으로 굴러가는 동안 창밖에서 방 안으로 쏟아지는 것이 있었다 심장 소리는 멎고 사과가 두근거리는데 두 눈은 진정이 되질 않았다

컨티뉴어스 클라이밍

순서대로 하자
위험을 피하면서
위험이 사람을 성숙하게 만든다는 말을 믿지 않으면서

메마른 불가사리를 물에 담그면 다시 살아난다는 말, 알고 있었어?
그러나 움직이는 건 아무것도 없고

처음에는 규칙이 중요하다 너의 규칙과 나의 규칙을 지키다 보면 그것은 우리의 규칙이 되고 정서가 되고 생활이 된다

정신을 차렸을 땐 네가 눈보라보다 더 세게 내 빰을 후려치고 있었다 우리 말고 모두 얼어 죽은 다

음이었지 이름 모를 설산에서……

그것은 꿈이었지만

그래도 괜찮지 않을까 세상 모든 사람들이 순서를 지키다가 죽어간다면

이번엔 네 차례야 와서 발 좀 담가봐, 네가 말하면 그것은 규칙이 되고

너를 따라 발을 담그면 나는 갑작스럽게 출렁이는 정서가 된다 젖은 발을 제외한 모든 너를 사랑할 수 있는 생활을 가지게 되는데

먼저 가 나는 이미 틀렸으니까 너라도……

그것은 반년 전의 일이었고

머지않아 겨울이 올 걸 알면서도

홀로 해변에 발을 담그고 있는데 죽었던 정서가 살아나지 않고

쌓인 눈을 털며 날 때리러 와줄 사람을 기다리고 있는데

왜 서 있어 먼저 가라고 했잖아, 말하는 이가 없고 어느 영혼도 돌아오지 않는 해변

불가능한 질문

우리가 달걀 모양의 어항에 산다면
그런 열대어라면
서로의 영역을 침범하지 않을 수 있을까
열대어들은 자신의 이름조차 잊은 듯 보이는데
우리가 달걀 모양의 어항에 든 열대어라면
서로가 서로인지 모른 채
그렇게 영역을 잊었다면
너는 나를, 나는 너를, 어디까지 잊은 채
계속 밀어내려 하게 될까
누가 이 먹이를 주는지 왜 궁금해하지 않는 걸까
우리가 달걀 모양의 어항에 산다면
그래서 우리, 언젠가 수면 위에서 하얗게 뒤집어
진다면
우리를 건져내는 손의 주인은 너
혹은 나, 누구인지 알지 못한 채

어느 화원에 묻혀 어느 꽃으로 피어나게 될까
우리는 또 얼마나 많은 꽃잎을 서로에게 던지고
서로를 침범하려 할까
그때 꽃을 꺾는 손은 누구일까

작은 미래의 책

'이곳은 당신의 방.

당신은 두 무릎을 모은 자세로 욕조에 잠겨 있다.

왜 그러고 있는지 모른 채로,

하지만 그래야만 한다는 사실만 알고 있는 상태로.

물속에서 비명을 지르면 기포가 인다.

무릎 사이가 간지럽다.'

여기까지 읽고 책을 덮었다 페이지를 넘기지 않으면 이야기는 시작되지 않는다고, Y의 말이 맞다면 모든 사건도 시작되지 않을 수도 있는 걸까

Y는 귀신 꿈을 꿨다고 했다

소녀들이 어두운 창문이라고 까르르 웃으며 지나갔다 나는 새벽에 병원을 걷는 일이라고 여겼지만

곁에 없는 네가 말한다, 밝은 곳에서 나는 내가
보이지 않아요 그 사람을 사랑한 뒤의 일이에요

무엇을 알려고 이곳을 걷게 된 걸까

안개 자욱한 어느 새벽, 기차역 플랫폼에서 우리는
둘뿐인 벤치에 앉아 입김을 뿜어댔다 누가 더 근
사한 형상을 만들어내는지도 모르고
아직 세 시간이나 남았어, Y는 시간표를 살폈다
달팽이가 유리창 위로 점액질을 남기며 흘러내리는
데, 그날은 그저
아무도 모르게 죽어버리고 싶었던 날, 그리고
저 멀리 안개 속에서 어떤 실루엣이 우리를 기웃
거렸다는 기억뿐

책은 계속 넘어가고
삶은 계속 지속되고

당연하게도

'당신은 혼자지만
그 애를 떠올리는 것만으로도 곁에 있다고 느껴진다.
주변 사람들이 당신을 비웃는다. 당신은 그들이 비웃는 이유를 알 수 없다.
다만 당신은 그 사람들이 환자일 거라고 단정한다.
그리고
어쩌다 이렇게 되었는지 당신은 알 수 없다.
영원히 걸을 수 있다는 믿음을 가지면 당신의 집은 멀어지고 세계가 어디까지 펼쳐져 있는지 당신은 의문을 가진다.

한 발 한 발 내딛을 때마다

발끝에서 의문이 생겨난다.

어지럽고

지구가 왜 둥근지 당신은 모른다.

모르기 때문에 시작되는 것이 있다고 당신은 믿는다.

걸음마다 세계가 생기고

끝없이 걸어서 끝없는 세계가 생긴다면

당신은 세계의 전체를 볼 수 있을 것이다.'

아직도 어두운 창문을 지나며

나와 함께 웃으면 그저 죽고 싶지? 곁에 없는 네

가 말하면 나는

고개를 끄덕거린다 그 말에 긍정한다는 뜻이 아니라

경청하고 있다는 뜻으로

하나의 숲을 보여주기 위해 무수한 나무가 자라는데

Y를 떠나보낼 때 골목에는 '고아의, 고아에 의한, 고아를 위한'이라는 전단지가 펄럭이고 있었다

난 너를 애정해, Y의 손바닥에 꾹 눌러쓴 문장

그 문장은 잘못된 문법이고, 어긋난 마음이고, 사랑해, 너를 보면 예전에 기차에 두고 내린 애완견이 떠올라, 가끔 그 개가 어떻게 됐을지 궁금해지는

순간이 있어, 왜 그런 순간은 갑작스럽게 찾아오는 걸까, 나는 고아가 그 개를 주워 갔을 거라고 생각해, 왜 고아인지는 모르겠어, 그냥…… 언젠가 우리가 같이 산 정상에서 고함을 질렀던 것처럼, 그게 당연한 것처럼, 반사적으로 떠오르는 생각이었는데,

나의 개가 고아의 부모 노릇을 해줬을까,
너는 내 부모 같아,
이 생각 역시 당연한 걸까, 만약에 내가
당연하지 않은 일과 당면해야 할 때
Y, 나는 어떻게 해야 할까,

Y의 손바닥이 작아서 그런 문장을 쓰지 못했다

어린아이가 개를 산책시키고 있는데

'당신은 어지럽다. 머릿속이 빙빙 도는 것처럼 느낀다.

지구가 자전해서 그렇다고 생각한다. 생각하지만

곧 잊는다.

다른 생각이 펼쳐지고 페이지가 넘어가고

당신은 여태껏 읽어보지 못한 이야기가 생겨날 것을 직감한다.

그리고 그것이

자신의 이야기라는 걸 당신은 알고 있다.

언젠가 그 애의 팔이 당신을 덮쳤던 것처럼

시간이 시간을 억누르며 넘어가고

생각이 생각을 덮친다.'

지금 나와 같은 순간에 어떤 이도 이 책을 읽고 있을 거라는 믿음

새벽의 창문은 어둡다, 내가 그 사실을 받아들이지 못해서 어두울 때만 네가 찾아오는 것이라고 여겼다

개가 어린아이를 끌며 지나가는데

선물에 대해서 생각했다 내가 좋아하는 것과 받는 이가 좋아하는 것, 어떤 것이 중요한가를, 과연 그것을 고민하는 게 중요한가에 대해서

근사한 것을 줄게 널 위해 놀라운 것을 줄 거야 그리고 너는 나에 대해서 무언가를 알아차리게 될 거야, 인파 가득한 거리에 서서 그런 말을 했을 때

Y는 아무런 말도 하지 않은 채

나와 깍지 낀 손을 바라보고 있었다 서로 다른 길이와 굵기와 색을 가진 손가락들

어디선가 부는 미풍에 흔들거리는 Y의 머리칼, 그것을 바라보면서

어쩌면 Y의 머리칼이 저 홀로 흔들려서 바람이 부는 거라고 망상하는데

Y의 침묵이 계속되자

주변의 소음은 물속에서 들리듯 뭉개지고

망가지고

점차 복원될 수 없는 소리의 형태가 되어가는데

뇌가 엿가락처럼 길게 늘어질 것 같아

꿈속에서 널 기다릴 때,

너의 입술이 열리길 기다릴 때,

하지만 넌 그러지 않았잖아

기울어지지 않는 마음과 열리지 않는 목소리,

감은 두 눈 속 어둠에서

네가 바라본 것은 무엇이었을까

죽고 싶었어? 네가 날 죽이면서 동시에 죽고 싶었어?

Y, 너는 왜 대답하지 않는 거지?

속으로 말을 삼키는 동안

문득 나는 참지 못하는 사람이 되어버린다 참지 못하는 것을 참으려 견디는 사람이 되어버린다

네가 나를 견디게 만드는 사람이 되는 순간

"너와 나는 다른 세계의 사람이야, 그렇지?" Y가 말했다

아무도 보호하려 하지 않는 세계 속에서

페이지가 넘어간다 넘어가면

경고 없이

사건은 시작된다

그래 우리는 그것을 기록하기 위해 태어난 거야,
곁에 없는 네가 말한다

'그리고 문득 당신은 떨어지는 기분을 느낀다.
눈앞에는 당신이 살던 동네도, 어둠도 보이지 않고
당신은 그저 날카롭게 잘린 세계의 단면을 바라보게 된다.
당신이 서 있는 곳은 세계의 틈,
등 뒤에는 지나온 세계가 그대로 있다.
빛이 들지 않는 병실.
당신의 머릿속에선 생각이 생각을 덮치고
그 애의 신음 소리를 듣고
누군가의 비웃음을 듣는다.

쏟아져 내리는,

그 잡음이 멈춘다.

나란히 죽어 있는 어린아이와 개를 지켜보는 귀신,

당신은 그 귀신과 눈이 마주친다.

이 책은 여기서 끝난다.'

PIN

006

극장에서 엔딩 크레딧

양안다

에세이

극장에서 엔딩 크레딧

남자는 극장에 자주 가는 편이 아니었다. 영화를 좋아했으나 주로 집에서 보는 편이었고, 그마저도 이미 본 영화를 다시 보는 것을 선호했다. 극장에 가지 않기 때문에 이미 본 영화를 보는 것인지, 아니면 다시 보는 것을 좋아하기 때문에 극장에 가지 않는 것인지는 알 수 없었다. 남자는 단 한 번만 본 영화도, 두세 번 정도 본 영화도 있었지만, 어떤 영화는 스무 번도 넘게 보았다고 했다. 여러 번 본 영화들의 공통점은 보고 나면 깔끔하지 않고 조금은 산만하고 불안정한 느낌을 주는 영화들이라고 했다. 영화가 불안정하다는 게 무슨 뜻이에요? 언젠가 내가 물었을 때 그건 그냥 내 느낌이에요, 남자는 대답했다.

남자는 극장에 자주 가는 편이 아니었지만, 그렇다고 외출을 하는 편도 아니었다. 남자는 대부분을 방 안에서 누운 채 지냈다. 약속을 잡지 않고 친구들을 만나지 않았다. 온종일 할 일도 없이 누워서 영화를 본다고 했다. 보고 또 보고 보았던 영화를. 나는 그게 무척 지루할 거라고 생각했는데, 굳이 그 생각을 남자에게 말하진 않았다. 대신 언제부터 그랬냐고 물었을 때 남자는 잘 모르겠다고 대답했다.

남자는 불분명한 대답을 입버릇처럼 하는 사람이었다. 잘 모르겠다, 그런 것도 같다, 그럴 수도 있을 거 같다, 이런 말을 많이 하는 사람이었다. 나는 그게 답답하다고 느껴지기보다는 남자와 잘 어울린다고 생각했는데, 아마 남자의 성격이 평소에 의심이 많고 조심스러워한다는 점에서 어울린다고 느낀 게 아닐까 싶었다. 다른 사람들은 저를 많이 답답해하고 제가 책임을 회피한다고 생각하는 것 같더라고요, 남자는 자신에 대해 그렇게 말했다.

남자는 자신의 성격에 관련된 여러 이야기를 해주었는데, 이를테면 자신은 무언가를 선택하고 결정하는 행위가 무척 힘이 드는 사람이라고, 여기서 '힘이 든다'는 것은 비유적인 표현이 아니라 정말로 스트레스의 문제로 다가왔고, 심지어 컵에 물을 언제 따라 와야 할지, 창문을 열어두어야 할지와 같은 문제에 있어서도 결정하기 힘들었으며, 어쩌면 외출을 하지 않는 것도 많은 선택을 마주하기 싫어서 회피하다 보니 그런 게 아닐까, 하는 이야기를 들을 수 있었다. 이런 문제로 남자는 일상을 유지하기가 힘들 때도 있었다는데, 지금은 하나의 패턴을 만들어놓아 그것에 맞춰 생활한다고 말했다. 컵에는 물을 항상 채워둘 것, 창문은 밥 먹을 때와 씻을 때만 닫아놓을 것.

대화를 할 때면 남자는 내게 '괜찮다'는 말을 자주 해주었는데, 그게 정말 위로의 차원에서 괜찮다고 하는 건지, 아니면 남자의 성격에서 나오는 입버릇 같은 말인지는 알 수 없었다. 사실 그때 나는 남자에게서 그동안 뭐 하고 지냈냐고, 무엇을 했기에 연락이 되지 않다가 이렇게 갑자기 불러냈느냐고 물어보려 했었다. 남자는 그런 나의 의중을 아는지 모르는지 쉽사리 말을 꺼내지 않았다. 시간이 흐르고 흐르다 보니 나는 남자의 말을 대부분 흘려들었고 다른 생각을 하며 시간이 어서 지나길 기다렸다.

*

처음에 남자를 알게 된 건 사소한 계기였다. 어느 겨울날, 내가 살던 원룸으로 우편물 하나가 잘못 도착했는데, 당시에 나는 그 원룸으로 들어간 지 얼마 되지 않았으므로 먼저 살던 입주자의 것으로 여기고 반송할 생각이었다. 그날 밤, 남자에게서 연락을 받게 되었다. 남자는 우편물에 대해 물었고, 고맙다는 말을 했고, 커피를 사겠다고 했다. 우리는 주말에 어느 카페에서 만나게 되었는데, 나는 커피를 홀짝이며 무슨 말을 해야 하나 우편에 대해서 물어도 괜찮을까, 생각하며 어색한 분위기를 지우려 할 말을 고르고 있었다.

먼저 침묵을 깬 건 남자였다. 남자는 자신을 소개

하면서, 대학에서 영화를 공부했고, 처음에는 배우를 지망했으나 학교를 다니다 보니 점점 남들 앞에서 연기를 할 수 없게 되었다고, 성격이 바뀌었다며 현재는 시나리오를 쓰고 영화도 만든다고 했다. 그러면 대본을 쓰시는 건가요? 내가 물었을 때 남자는 자신의 대본으로 직접 단편을 만들었다고, 현재 막바지 작업 중이라고 말했다.

"사실 이 우편물에 작업 중인 영화 파일이 들어 있어요. 친구가 보낸 건데 제가 깜빡하고 새 주소를 알려주지 않아서……."

남자는 말을 흐리며 나를 바라보았다. 소리 내어 말하지 않았지만 나에 대해 무언가를 듣길 기다리는 듯했다. 나는 최대한 남자와 비슷한 유형으로 나를 소개했다. 대학에서 문학을 공부했고, 처음에는 소설을 쓰려 했으나 학교를 다니다 보니 어쩌다 시를 쓰게 되었다고, 시가 더 재미있다는 말과 함께 현재도 시를 쓰고 있다고 말했다. 그러면 영화는 좀 보는 편인가요? 남자가 물었을 때 나는 시간 날 때마다 보려고 노력하고 있다고, 그렇게 대답했다.

그러고 나서 남자는 자신이 만드는 영화에 대해, 나는 내가 쓰는 시에 대해 말했다. 남자가 무슨 말을 했었는지 기억에 남는 건 거의 없고, 누벨바그를 좋아하지만 고다르는 취향에 안 맞는다, 트뤼포를 좋아한다, 하지만 자신은 트뤼포처럼 영화를 만들 생각도 없고 그렇게 만들 수도 없다, 이런 얘기가 기억에 남았는데 아마 내가 트뤼포의 영화를 좋아하지 않기 때문에 그것만 기억에 남은 게 아닐까 짐작했다. 지금 만들고 있는 영화는 무척 지루한 영화가 될 거 같아요, 남자는 말했다.

초면에, 그것도 잘못 배송된 우편 때문에 만난 것 치고는 과하다 싶을 정도로 긴 대화를 나눴는데, 아마도 서로가 만들고 쓰는 영화와 시 얘기를 했던 게 어떤 친밀감을 만들었던 게 아닐까. 동갑이었고, 어떻게 자랐는지, 어릴 때 무엇이 인상적인 기억으로 남아 있는지에 대해 떠드는 동안 무척 편안하다는 생각이었다. 그리고 우리에게 공통점이 많았다는 점도 편안한 분위기를 조성하는 데에 한몫했을 것이다. 예를 들면 중학교, 고등학교를 다닐 때 아무런 이유도 없이 반항을 하던 애들이 우스웠다거나 그런 게 멋인 줄 아는 애들은 더욱 우스웠다는 점, 인간관계를 잘 끊을 수 있다는 점, 동갑이더라도 말을 놓으려 하지 않는다는 점, 좋아하는 계절은 겨울, 양자리, 그리고 좋은 선생들을 많이 만났다는 점이 그랬다. 지금 생각해보면 그 정도는 누구와도 공통적인 부분이 있을 것 같은데. 당시에는 그게 왜 그렇게 특별하고 친숙하게 여겨졌을까 싶은 부분이 많았다.

그날 이후로 우리는 자주 연락을 주고받았으며, 주로 서로에게 영화나 시, 소설을 추천하는 연락이었지만, 가끔은 만나서 커피를 마시고 극장에 가서 영화를 보곤 했다. 그럴 때마다 영화를 고르는 건 내 몫이었는데, 그때에도 나는 남자가 영화를 선택하는 것이 힘들었을 거라고 생각했다.

*

언젠가 남자는 극장 같은 영화를 만들겠다고 말한 적 있었다. 남자의 말에 따르면 극장이란 소극장이 아닌 멀티플렉스 형태의 극장을 말하는 것이며, 사람들은 극장, 이라고 하면 영화를 먼저 떠올리지만, 사실 극장은 카페와 식당, 쇼핑센터는 물론이고 전시장에 오락실까지 포함한 모든 문화를 가능하게 하는 곳이라는 것이었다. 총체에 대해 말하고 싶다고, 남자는 덧붙였다.

그때쯤 우리는 서로에게 자신의 작품을 보여주곤 했는데, 남자의 경우에는 새로 구상하고 있는 시놉시스나 시나리오의 일부분, 스토리보드를 보여주었고 나는 시를 보여주며 서로의 감상을 들었다. 남자의 입장에선 어땠는지 모르겠지만, 나는 생각했다. 우리의 작품이 닮아가고 있다고. 순전히 내 느낌이었지만, 우리는 정말로 극장과 같은, 멀티플렉스와 같은, 어떤 총체에 대해 말하기 위해 애쓰고 있던 것 같았다. 그 원인이 서로의 작품을 감상하며 영향을 받아서인지, 혹은 극장 같은 영화를 만들겠다는 남자의 생각이 내게 영향을 준 건지는 알 수 없었다.

*

극장에 가면 사람들은 모두 스크린을 향해 한곳을 바라보고 있었다. 그 사실이 너무 이상하게 느껴져서 주위를 둘러보곤 했다. 스크린의 빛에 비친 사람들의 얼굴은 서로 닮아 보였다. 시체 같았고 누가 누구인지 구분하기 힘들었다. 누군가가 나를 봤다면 나 역시 같은 얼굴이었을 것이다.

영화를 볼 때면 그 영화가 현실에 존재하고 있는 것처럼, 혹은 존재했던 것처럼 느껴졌다. 어떤 때엔 상영 중인 이 극장이 세계에서 격리된 다른 세계 같았다. 영화가 끝나면 영화의 세계가 사라지고 다시 기존의 세계로 돌아가야 했는데, 그때마다 엔딩 크레딧이 전부 올라가도록 좌석에 앉아 있었다.

끝이 보이지 않았다. 세계 곳곳에 사회가 있고, 사회의 어딘가엔 멀티플렉스가 있고, 건물 안에는 또 다른 사회가, 극장이 있고, 스크린과 스크린 안의 세계, 그 세계에서 또다시, 프랙탈처럼, 끝이 보이지 않았다. 그렇게 생각하면 이곳은 어느 영화 속

세계인 것 같고, 영화 속의 영화 속의 영화, 혹은 세계 속의 세계 속의…… 끝이 보이지 않았다.

그리고 그것을

총체라고 여겼다.

*

어느 날 남자의 이름으로 우편이 도착했다. USB와 편지가 동봉되어 있었다.

'이제 저는 영화를 쓰지도, 만들지도 않습니다. 이것은 제가 작업하던 영화입니다. 완성하지 못했습니다. 제가 기억으로 영화를 구상하듯이, 기억을 변형하고 편집하고 비틀 듯이 시를 쓸 때 기억에 의존한다고 했었죠? 저는 저의 영화와 기억 중 어떤 게 원본인지 헷갈릴 때가 많았습니다. 시간이 지날수록 구분할 수 없게 되었습니다. 괴로웠습니다. 나와 같지 않길 바랍니다. 당연한 말이겠지만, 영화와 시는 다릅니다.'

*

다음은 미완성으로 남은 영화에 대한 기록이다. 기억에 의존했으며 주관적인 감상이 포함되어 있다.

나는 너와 극장에 간다. 티켓을 받는다. 팝콘이나 음료 따위를 고른다. 직원에게 티켓을 확인받고 입장한다. 자리를 찾아 조금 헤맨다. 앉는다. 우리는 침묵한다. 극장 내부가 완전히 소등될 때까지. 영화는 시작된다. 우리는 가끔 눈을 마주친다. 방금 뭐라고 한 거야? 속삭인다. 나는 가끔 상영관 내부를 두리번거리고 너는 그런 나를 바라본다. 무슨 문제 있어? 그러나 문제는 발생하지 않는다. 영화가 끝난다. 극장이 밝아진다. 엔딩 크레딧이 올라가고 음악이 흐른다. 사람들은 하나둘 자리를 떠난다. 우리는 일어나지 않는다. 침묵한다. 곧 우리는 손을 흔들며 헤어질 것이다. 좋았어? 무엇이 좋았냐는 질문인지도 모른 채 좋았어, 대답할 것이다. 잘 가. 다음에 봐. 인사를 할 것이다. 이 모든 게 영화가 끝났

으므로. 극장이 밝아졌으므로. 그래서 우리는 헤어질 것이다. 누군가가 죽거나 사랑하거나. 영화 같은 사건은 벌어지지 않을 것이다. 하지만 영화가 아니더라도, 그런 일들은 모두 극장에서 벌어질 수 있는 일이었다. 이 영화는 여기서 끝난다.

작은 미래의 책

지은이 양안다
펴낸이 김영정

초판 1쇄 펴낸날 2018년 3월 5일
개정판 2쇄 펴낸날 2023년 5월 5일

펴낸곳 (주) 현대문학
등록번호 제1-452호
주소 06532 서울시 서초구 신반포로 321(잠원동, 미래엔)
전화 02-2017-0280
팩스 02-516-5433
홈페이지 www.hdmh.co.kr

ISBN 979-11-6790-107-1 04810
979-11-6790-109-5 (세트)

* 책값은 뒤표지에 있습니다.